KB211170

작은 시인들의 노래

작은 시인들의 노래

· 김인숙 지음 ·

좋은땅

어린이들의 마음을 볼 수 있는 보물 상자

어린이들은 무한한 가능성의 아이콘입니다. 그들이 가지고 있는 상상력과 창조력은 그 어떤 예단도 뛰어넘을 만큼 활달하고 자유롭습니다.

그런데 아직도 많은 사람들은 이러한 어린이들의 천품을 무시하고 섣부른 단견으로 억제하고 강압하려 합니다.

『작은 시인들의 노래』는 이러한 과오를 날카롭게 지적하고 있습니다. 저자는 먼저 어린이들의 솔직한 마음을 직시하고 이해하라고 권합니다. 진실한 마음만이 바로 세상을 바꾸는 바탕이 되기 때문입니다.

그래서, 먼저 자연과 삶을 대하는 어린이들의 꾸밈없는 마음을 보고, 그러한 마음과 생각을 갖게 된 이유를 분석함으로써, 어린이들이 세상을 이해하고 대처해 나갈 수 있는 바른 길을 넌지시 보여 줍니다.

『작은 시인들의 노래』를 통해 창조의 보물 상자인 어린이들의 마음과 생각을 올바르게 이해할 수 있는 길이 활짝 열리기를 기대합니다.

- 문삼석(동시인 · 전 한국아동문학인협회장)

차례

여는 글

연구소에 비추는 햇살이 따스하다. 햇살은 언제나 기분을 좋게 한다.

햇살을 닮은 아이들과 오랫동안 독서 수업을 진행하면서 아이들의 마음속 이야기와 다양한 생각을 독자들과 나누면 좋겠다는 생각을 하곤 했다.

인생은 '만남'으로 시작된다. 책도 시도 마찬가지다. 만남의 원천은 '생각'이다. 만남의 시작과 과정, 결말은 모두 각 자의 선택에 달려 있다. 똑같은 만남에서 어떤 사람은 긍정적이고 행복한 선택을 하고 반대로 어떤 사람은 부정적이고 불행한 선택을 한다. 왜 그럴까? 그것은 바로 '생각'의 차이다.

이 책에는 아이들의 경험을 바탕으로 한 사실적인 이야기, 마음, 느낌, 생각이 담겨 있다.

아이들의 시에 대해 어떤 기준을 두어 평가하지 말길 바란다. 시는 곧 개인이 갖고 있는 마음이고 생각이기 때문이다.

아이들의 마음은 어떤 색깔이며, 어떤 모양일까?

아이들은 어떤 고민이 있으며, 세상을 어떻게 바라볼까?

아이들은 자연을 어떻게 느끼고 표현할까?

우리가 모르는 아이들의 마음과 생각을 편안한 마음으로 만나길 바란다. 참고로 이 책에 실린 시들은 아이들과 독서 수업 중 주제에 따른 자신의 생각과 느낌을 즉흥적으로 표현한 시다. 따라서 맞춤법이나 시어에 대해 일부 오류도 있지만 아이들의 표현을 존중하는 차원에서 교정하지 않고 그대로 실었다.

이 책이 아이들의 마음을 엿볼 수 있는 작은 창문이 되길 소망한다.

2022년 3월 연구소에서

제1부

자연을 노래하다

제1장 봄의 교향악

꽃, 바람, 향기,
햇살과 포근함,
봄비와 꽃망울,
신비로움과 깨어남.

아이들의 마음도
봄을 바라보며
그 아름다움과 신비로움을
노래한다.

겨울의 여운은
봄의 문턱에 남아 있지만
신비롭고 경이로운
대자연의 섭리 속에
따스한 봄의 교향악이
울려 퍼진다.

〈차례 · 봄의 교향악〉

봄이 왔다는 증거

김다은

(2017년 작 · 서울공진초등학교 5학년)

꽃이 퐁퐁 피었다.
자기 얼굴 봐 달라는 듯이
꽃잎을 떨어뜨린다.

바람은 그 아름다움에
질투가 나는지
바람을 세게 불어
꽃잎을 떨어뜨린다.

그게 봄이 왔다는
증거인가 보다.

새벽꽃

김다은

(2018년 작 · 서울공진초등학교 6학년)

새벽에
꽃이 피는 소리가
날 깨워서 일어나 보니

형형색색의
아름다운 요정이
흘리고 간
빛을 볼 수 있어.

빛의 이름은 봄꽃.

빛 위엔 달처럼
반짝이는 새벽이슬이
같이 맺혀 있을 거야.

어때?
요정이 뭔가 떨어뜨리는 소리가 들려?

봄의 마지막 눈

심규진

(2018년 작 · 서울송정초등학교 5학년)

봄이 시작되는데
눈이 오네.

눈도 딱 한 번

딱 한 번만이라도
더 내리고 싶나 보다.

꽃의 계절

심규진

(2018년 작 · 서울송정초등학교 5학년)

꽃이 아름다운 봄

벚꽃,
진달래,
목련.

많고 많은 꽃들 중에
이 꽃은 무엇일까 ?

나뭇잎 소리

엄선휴

(2018년 작 · 서울연가초등학교 4학년)

저 멀리 나뭇잎 소리가 들린다

산들산들 바람이 불어
나뭇잎 부딪히는 소리

파도 같은 나뭇잎 소리

봄

엄지후

(2017년 작 · 서울연가초등학교 5학년)

쉿!
파릇파릇
톡톡!
봄이 오는 소리다.

봄비가 후두둑
새싹이 파릇파릇
꽃도 예쁘게.

추웠지만
따뜻해지지.

내 마음도 얼어붙은
마음이 녹아 따뜻해진다.

꽃들이 아름답게 꾸며 주는 봄

엄지후
(2018년 작 · 서울연가초등학교 6학년)

벚꽃이 핀다.
하나둘 흩날리는 벚꽃잎이
꽃이 비가 되어 내리는 듯하다.

목련이 핀다.
하얀색 풍선 같은 목련꽃도
부풀어 올라 풍선들이
떠다니는 듯하다.

진달래가 핀다.
분홍색 잎과 초록색 잎이 만나
아름답게 완성된 진달래.

꽃들이 아름답게 꾸며 주는 봄은
봄이 아름다운 이유.

봄의 꽃

오지현

(2017년 작 · 서울연가초등학교 5학년)

내가 가는 곳마다
꽃이 터진다.

나를 기다려 왔다고
마중까지 나왔다.

나도 꽃이 좋다고 나무에
사랑을 심어 주었다.

새들의 소풍

오지현

(2016년 작 · 서울연가초등학교 4학년)

숲의 새들이 소풍을 가요.
새들이 지저귀는 소리는
한 곡의 음악 같아요.

새들의 춤은 물 위에
수련같이 빛나요.

이 모습은 한 편의
그림이에요.

봄의 색깔

오지현

(2017년 작 · 서울연가초등학교 5학년)

추운 겨울날
눈이 소복소복 쌓였을 때

햇빛이 눈을 물들여
개나리꽃을 노란빛으로 물들였고
바람이 눈을 물들여
어여쁜 목련을 물들였다.

꽃들 덕분에
나도 봄의 색깔에
마음이 점점
물들여진다.

유상우

(2017년 작 · 서울송정초등학교 5학년)

햇빛을 받는
초록빛 나뭇잎에서

날 간지럽히는
바람을 타고
향기를 풍기네.

그 기분 좋은 냄새를
새도 알았는지
기분 좋게 노래하네.

아름다운 꽃

유상우

(2017년 작 · 서울송정초등학교 5학년)

꽃은 정말 아름답다.

비가 오고
눈이 와도

그 고난을 버텨 내고
땅을 비집고 나와서
아름다움을 유지하는 걸 보면

꽃은 더욱 더 아름답다.

유재원

(2016년 작 · 서울송정초등학교 6학년)

각각 다른 모양의 풀잎
각각 다른 냄새의 풀잎

마치 사람 같네.

봄비

유하윤

(2021년 작 · 서울응암초등학교 3학년)

우르르 쾅쾅!
봄비가 쏟아져 내리니
봄이 왔나 봐.

개미는 굴속으로
달팽이는 나뭇잎 위로
꼬물꼬물 올라오네.

꽃샘추위

이서진

(2018년 작 · 서울송정초등학교 5학년)

살랑살랑
봄바람이 불어온다.
포근해서 나도 모르게
잠에 빠져든다.

꿈에서 어떤 마녀가 나타나
마법을 써 겨울로 바꾸어 버렸다.

일어나 보니
봄바람은 간데없고
칼바람이 불어온다.

아침의 불꽃놀이

이예진

(2017년 작 · 인천발산초등학교 4학년)

톡톡톡! 팡팡!
아침의 불꽃놀이가 시작된다.

새벽에 벚꽃이
심지에 불을 붙이고 갔다.

꽃이 활짝 피면서
아침의 불꽃놀이도
같이 시작한다.

봄비

이정아

(2017년 작 · 경기광명서초등학교 4학년)

후두둑 후두둑

빗방울이 벚꽃잎에게
앉아 있어요.

빗방울은 벚꽃잎에게
같이 내려가자 말해요.

벚꽃잎이 대답하기도 전에
빗방울이 끌고 내려가요.

봄꽃

이준수

(2016년 작 · 경기광명서초등학교 4학년)

봄이 되니 하늘에서
무지개빛 물감을
산에 뿌리고
도로에도 뿌린다.

오색 빛깔 무지개가
산과 도로에 내려앉았다.

아! 멋진 봄꽃.

구름

이준수

(2015년 작 · 경기광명서초등학교 4학년)

구름이
우는가 보다.

구름이
소리를 지른다.

구름이
종이비행기를 던진다.

구름이
울지 않았으면…

구름이
소리를 지르지 않았으면…

구름이
종이비행기를 던지지 않았으면…

비

이준호

(2021년 작 · 서울연가초등학교 3학년)

화창한 봄날에
후두둑후두둑
봄비가 내리고

콰광
천둥이 내리쳐서
구석에 있는 벌레도
도망가겠네.

봄꽃

정아인

(2016년 작 · 서울송정초등학교 5학년)

살랑살랑
불어오는
봄바람에
꽃망울 기지개 피네.

따스한 햇살
다가오면
살며시
꽃잎을 내주네.

봄자전거

진영서

(2017년 작 · 서울연가초등학교 5학년)

봄이 자전거를 타고 간다.
바퀴에서 분홍빛 벚꽃 향기가
온 세상을 물들인다.

봄이 자전거를 타고 간다.
하늘을 파랗게,
개나리를 노랗게
칠하고 있다.

최 비

(2018년 작 · 서울송정초등학교 5학년)

봄이 끝을 보이고 있을 때
나무가 햇살을 받으며
비춰지고 있다.

바람도 분다.
봄이 나에게 인사를 한다.

봄! 1년 뒤에 봐!

제2장 여름콘서트

바람과 비와 구름,
천둥과 번개, 태양,
싱그러운 나무와
활짝 핀 꽃들,
바다와 파도.

아이들 가슴은
태양처럼 뜨겁다.

웅장하고 화려한
여름콘서트가
아이들과 함께
펼쳐진다.

〈차례 · 여름콘서트〉

바다

김다은
(2016년 작 · 서울공진초등학교 4학년)

햇빛이 화난 듯이
쨍쨍 열이 난다.
우리, 도망가자!

하늘을 큰 대야에 담아 놓았고,
사람들이 대야 안으로
도넛을 타고 들어가는 곳.
어디게?

바로 바다였어!

빛나는 하늘

김다은

(2016년 작 · 서울공진초등학교 4학년)

아침에는 햇빛 받은
나뭇잎이 반짝이며,

노을 질 때는
강렬한 주홍빛이 선명하지만
점점 사라지며 빛난다.
저녁에는 달빛 아래에
모든 것들이 더욱 반짝인다.

다양한 하늘색은
누가 물들이는 걸까.
누가 저리 반짝이는 걸까.

서아인

(2021년 작 · 서울연은초등학교 3학년)

앵앵~ 앵앵
귀찮은 모기가 앵앵

잠자다 일어나 불 켜면
앵앵소리 멈추고
모기가 사라진다.

앵앵~ 앵앵
얄미운 모기가 앵앵

아무리 잡으려 해도 앵앵
요리조리 피해 앵앵

동산 바람

심규진

(2018년 작 · 서울송정초등학교 5학년)

동산 올라오니
새소리, 벌레소리
그리고 바람소리.

바람소리에 귀 기울이니
바람이 시원하게
맞아 주네.

새들이
짹짹거리며
신나하네.

해수욕장

엄선휴

(2018년 작 · 서울연가초등학교 4학년)

해수욕장에 가니
쏴아아 쏴아아
좋은 소리가 들린다.

파라솔 밑에
가만히 앉아 있으면
파도가 오라고 손짓한다.

여름 하루

엄지후

(2016년 작 · 서울연가초등학교 4학년)

여름 하루에는
아이스크림 먹고

여름 하루에는
에어컨과 선풍기를 틀고

여름 하루에는
시원한 과일을 먹고

여름 하루에는
하루 종일 땀을 흘리고

여름 하루가 끝날 때 쯤
달콤한 잠자리에 들어
모두 시원한 하루~

갈매기

엄태온

(2021년 작 · 서울응암초등학교 3학년)

갈매기가 끼룩끼룩
우는데 눈물은 안 흘린다

푸드덕푸드덕 날개로
노래를 한다

비 오는 소리

엄태온

(2021년 작 · 서울응암초등학교 3학년)

뒷산으로 등산을 하니
투둑투둑 비가 오네

타악타악 건물에
비 부딪치는 소리

쨍쨍 비 그치는 소리

여름 바람

오지현

(2016년 작 · 서울연가초등학교 4학년)

바람이 살랑
나도 바람이 되어
날아간다.

나뭇잎 하나가
날아가면

내 마음도
바람을 타고
날아간다.

하늘

유상우

(2017년 작 · 서울송정초등학교 5학년)

기분이 좋을 땐
하늘이 햇빛을 비춘다.
햇빛을 맞고 나면
기분이 상쾌해지네.

기분이 우울할 땐
하늘이 비를 내려 같이 울어 준다.
좋은 빗소리를 듣고 나면
위로가 되네.

바람

이연수

(2017년 작 · 경기철산중학교 2학년)

햇볕이 쨍쨍
비추는 어느 날

손님처럼 찾아온 시원한 바람은
살금살금 다가와
내 머릿결을 흩날린다.

머리, 어깨, 무릎, 발.
천천히 내 몸을 간지럽히고는

홀연히 사라지고 나서
잊으려고 하면
슬그머니 다시 찾아오는

어느 여름날의
반가운 손님.
바람.

밤바다

이예진

(2018년 작 · 인천발산초등학교 5학년)

출렁출렁 바다
달이 비치는 아름다운 바다
햇빛보다 더 밝은 달이
모래를 더 밝게 비추네.

반짝반짝 폭죽 불꽃이
하늘을 더 아름답게 비추네.

건물 불꽃들이 전구처럼
둘러싸여 있어서
넓디넓은 바다를 비추네.

장마

이정아

(2017년 작 · 경기광명서초등학교 4학년)

툭툭 토도독
장마 시작이다.

목감천 물이 아슬아슬하게
차도로 넘어가지 않는다.

휴, 다행이다.

장마는 아슬아슬하다.

바다

이준수

(2016년 작 · 경기광명서초등학교 5학년)

바다에 가지 않고도
바다가 보인다.

흔들리는 나뭇잎은
잔잔한 파도
점점점 시원해진다.

하늘 아래 하얀 구름이
파도의 하얀 거품처럼
내 마음을 더 시원하게 만든다.

뒹굴뒹굴

정승훈

(2018년 작 · 인천공항초등학교 5학년)

여름 방학 땐 언제나 뒹굴뒹굴

게임도 하면서 뒹굴뒹굴
밥 먹고 나서도 뒹굴뒹굴

여름 방학 땐 언제나 뒹굴뒹굴

뒹굴거리는 건 나의 행복

바람이 하는 일

정아인

(2016년 작 · 서울송정초등학교 5학년)

살랑살랑
바람 불 때
흔들흔들
이파리 흔들리고

짹짹 지저귀는 새는
휘이아
부는 바람에
홍 돋는다.

여름 바다

진영서
(2017년 작 · 서울연가초등학교 5학년)

여름 바다는
파아란 하늘 바다

튜브가 두둥실
구름도 두둥실

햇님이 반짝이고
아이들의 미소도 빛난다.

달팽이 경주

진영서

(2016년 작 · 서울연가초등학교 4학년)

비가 주룩주룩
내리는 날에

달팽이랑 자동차랑
경주를 한다.

이번에는 자동차도
달팽이가 되었나 봐.

달팽이가 오늘만큼은
이길 거라고 장담한다.

제3장 가을소나타

대지는
신의 작품 속에서
저마다의 아름다움을 뽐낸다.

대자연의 향연 속에
아이들의 마음은
단풍처럼 붉게
물들어 간다.

강렬했던 여름콘서트는
그윽한 첼로의 선율에 잠기고
청명한 가을소나타가
울려 퍼진다.

〈차례 · 가을소나타〉

숲의 하늘

엄선휴

(2018년 작 · 서울연가초등학교 4학년)

숲에 와 하늘을 보니
파라면서 하얗다.
파란 물감에
하얀 물감을
넣은 색깔.

도심 속 하늘은
아무리 파래도
숲의 하늘 느낌이
안 난다.

숲의 하늘을 보면
마음이 치유된다.

가을

엄태온

(2021년 작 · 서울응암초등학교 3학년)

가을도 추워서 도망갔나 봐
쌩쌩 부는 바람에
가을도 감기 걸렸나 봐

가을도 겨울에 못 이겨
도망갔나 봐

겨울은 왜 이렇게
성급한 것일까?

엄태온

(2021년 작 · 서울응암초등학교 3학년)

산에 오르면
헥헥 거려지네.

친구들과 멀어지면
콩알처럼 보이고
가까워지면
거인처럼 보이는
신기한 산.

오르락내리락
산을 오르네.

단풍잎

오지현

(2017년 작 · 서울연가초등학교 5학년)

따뜻한 햇빛을 받고
푸른 단풍잎은
빨간색으로
물들어 가요.

따뜻한 햇빛을 받고
빨간색으로 물든 단풍은
우리의 싱그러운
마음 같아요.

추석

유재원

(2016년 작 · 서울송정초등학교 6학년)

가을 들녘
벼는 노랗게 익어 가고

소 우리 안에
황구 두 마리는
경호원이 됐네.

가을

유재원

(2015년 작 · 서울송정초등학교 5학년)

시원한 바람이 부네.
하늘도 높네.

바스락바스락
낙엽도 밟네.

이런 게 가을이네.

낙엽은 마술사

이도현

(2021년 작 · 인천발산초등학교 6학년)

길을 가다가
낙엽을 밟아 보았다.
부스럭부스럭
바스락바스락

꼭 나에게 기쁨을 주는
선물의 포장지 같다.
또 출출할 때 맛있는
과자 봉지 같다.

이렇게 우리에게
상상력을 키워 주는 낙엽은
꼭 마술사 같다.

가을 미용실

이서진

(2018년 작 · 서울송정초등학교 5학년)

오랜만에 나무들은
가을 미용실에 들른다.
미용사는 바람을 들고
머리카락을 자른다.

그리곤 흰색 구름을 가지고 와서
머리를 감은 뒤
쨍쨍 비치는 가을 햇빛에
머리를 말리면
가을 미용은 끝이 난다.

허수아비

이예진

(2018년 작 · 인천발산초등학교 5학년)

허수아비를
참새를 쫓으라고
세워 두었더니

허수아비가
얼마나 외로웠는지
참새랑 어느새
재미있게 놀고 있었네.

허수아비가
얼마나 외로웠으면
참새랑 놀고 있었을까?

다음부터는 친구도 만들어 주어야겠다.

가을의 밤

이준수

(2016년 작 · 경기광명서초등학교 5학년)

해 지고 밤이 되면
귀뚜라미의 자장가가
시작된다.

귀뚜라미의 울음소리에
나는 스르륵 눈이 감긴다.

스르륵스르륵
잠잘 때 편안하게 자라고
우는 멋진 귀뚜라미의 자장가.

가을비

이준수

(2016년 작 · 경기광명서초등학교 5학년)

가을 하늘 쳐다보면
비가 내린다.

알록달록
오색 빛깔 물든
나뭇잎

비처럼
점점 떨어진다.

산토끼

이준호

(2021년 작 · 서울연가초등학교 3학년)

산에 올라왔다가
작은 산토끼가 나왔다.

요즘에는 요즘엔
거의 볼 수 없는
귀한 손님.

등산

정소운

(2021년 작 · 서울연은초등학교 3학년)

헉헉
오늘은 학원에서 등산을 한다.

오르기도 하고
내리락
산을 내려오기도 한다.

헉헉 힘들지만
산공기와 낙엽을
밟아서 기분이 좋아.

가을의 정자

정승훈

(2018년 작 · 인천공항초등학교 5학년)

가을의 정자는
기분이 어떨까?
무척 외로워 보인다.

그의 친구는
가을 낙엽밖에 없다.

바스락바스락…

친구가 위로해 준다.

가을

정승훈

(2017년 작 · 인천공항초등학교 4학년)

알록달록 단풍잎

밟으면 바스락거리고
가을바람 시원할 때
떨어지는 낙엽들

파란 하늘 아래
다람쥐가 도토리를
먹어 가는 가을

익어 가는 가을

정아인

(2015년 작 · 서울송정초등학교 4학년)

도토리 여물고
밤송이 열리면
가을이 와요.

코스모스
봉우리 열리고
단풍잎 물들면
가을이 와요.

초가을

정아인

(2016년 작 · 서울송정초등학교 5학년)

물방울 머금은
코스모스

봉우리가 나면
푸른 잎사귀가
주황빛에 발 담그면

그것이 초가을이다.

가을 이불

진영서

(2017년 작 · 서울연가초등학교 5학년)

가을은 모두의 이불.

밟으면
바삭바삭
누우면
폭신폭신

바람은 자장가 되어
모두를 재워 준다.

제4장 겨울의 합창

꽁꽁 얼어붙은 겨울,
눈이 펑펑 내리면
아이들의 마음은 설렌다.

하얀 눈 위에
저마다의 목소리로
쌓아 올리는
겨울 합창.

매서운 겨울바람이
온몸을 스쳐도
아이들의 겨울 합창은
끝날 줄 모른다.

〈차례 · 겨울의 합창〉

눈

서아인

(2021년 작 · 서울연은초등학교 3학년)

하늘에서 눈이 펑펑 내리네.

하늘에 사는 사람이
똥을 바닥에 떨어뜨린 게
눈인가?

그럼 눈이 펑펑이 아니라
뿌지직이어야겠네.

눈 오는 날

엄선휴

(2018년 작 · 서울연가초등학교 4학년)

친구들과
사박사박
뽀드득뽀드득
눈을 밟는다.

이러쿵저러쿵
눈사람 만들고
샤샤샥
눈싸움한다.

즐거운 눈 오는 날.

이른 겨울

엄지후

(2018년 작 · 서울연가초등학교 6학년)

알록달록
어여쁜 단풍잎
하나둘 떨어지는 눈에 쫓겨나고

신선한 가을 공기
차가운 겨울 공기에 쫓겨난다.

이른 겨울
내게는 신선하고 어지럽다.

하모니

엄지후

(2018년 작 · 서울연가초등학교 6학년)

겨울이 왔다.
첫눈이 내린다.

첫눈이 내린 날,
야외 수업을 나온다.

빨강, 노랑, 초록, 하양.
이 색깔들이 어울려
하모니를 이루고

색깔들이 만든
하모니는
하나의 사진을
저장한다.

엄태온

(2021년 작 · 서울응암초등학교 3학년)

저 아름다운 별
몽골에서도 보기 힘든 별

저 별 우주에선 볼 수 있을까
저 별 시골에선 볼 수 있을까

밤이 되면
볼 수 있을까

추운 날에

오지현

(2017년 작 · 서울연가초등학교 5학년)

추운 겨울
첫 눈이 왔다.

이렇게 추운 날에는
친구가 보고 싶다.

밖에는 눈이 소복소복.

마음속에는 우정이
차곡차곡 쌓여만 간다.

고드름

유재원

(2015년 작 · 서울송정초등학교 5학년)

동생과 학교 가는 길
뾰쪽 고드름 여러 개
큰 걸로 따서
다트처럼 던지며
즐겁게 논다.

손은 차갑지만
마음은 따뜻하다.

첫째 눈송이

유하윤
(2021년 작 · 서울응암초등학교 3학년)

첫 번째로 내린
첫째 눈송이
소복소복 쌓이네.

아이 추워!
에취, 에취!

눈도 추위를 타나 봐!

유하윤

(2021년 작 · 서울응암초등학교 3학년)

벌써 겨울이 다가왔나 봐.
후덜덜
새들도 나를 따라 후덜덜

그러다가 송송송
눈이 오네.

나는 겨울이 좋아
추워도 나는
겨울 편이야.

크리스마스

유하윤

(2021년 작 · 서울응암초등학교 3학년)

눈이 펑펑 오는 날
산타를 기다리다
스르르륵 잠이 들어 버렸네.
쿠울쿨

산타는 스윽 선물만 놓고 가네.
산타의 얼굴이
밝혀지는 게 소원이네.

눈사람

유한진

(2018년 작 · 인천발산초등학교 5학년)

평평 눈이 내리면
소복소복 쌓여
그러면 함께
마음도 소복소복.

갑자기 눈사람이 생각나
눈사람을 만들고 싶다.

눈을 굴리고 굴리고
함께 재미있게
춤을 추자.

마지막 소리

이나현

(2016년 작 · 인천발산초등학교 5학년)

소리가 들린다.
겨울바람의 마지막 소리

나에게 비밀을
말하는 친구처럼
나에게
속삭인다.

다음 겨울에 꼭 오겠다고.

이도현

(2021년 작 · 인천발산초등학교 6학년)

눈이 왔어요.
그런데 우리의 자유로움은
오지 않았어요.

크리스마스가 왔어요.
하지만 우리에게 가장 필요한 선물은
오지 않았어요.

우리에게 자유로움은 언제 올까요?

땅

이예진

(2018년 작 · 인천발산초등학교 5학년)

봄과 겨울의 중간
그 땅에 첫발을 내딛는다.
정말정말 땅이
말랑한 말랑카우 같다.

나뭇잎이 겹겹이 쌓인
땅을 걷는다.
정말 갓 구운
바삭바삭한 비스킷 같다.

다음 계절의 땅도
한 번 맛보고 싶다.

다른 모습의 천사

이정아

(2017년 작 · 경기광명서초등학교 4학년)

다른 계절에는
천사가 하늘에 있지만
겨울엔 천사가
땅에 누워 있다.

다른 계절에는
따뜻한 천사지만
겨울엔 꽁꽁 언
차가운 천사다.

천사는 따뜻하고 날지만
겨울엔 다르다.

눈꽃

이정아

(2017년 작 · 경기광명서초등학교 4학년)

겨울이 오면
꽃은 다 시들시들하다.

아쉬워서 한숨 쉬면
하늘에서 하얀 눈꽃이

하늘하늘 사뿐히
바닥에 내려앉는다.

첫 눈

이준호

(2021년 작 · 서울연가초등학교 3학년)

아직 겨울도 안 됐는데
눈이 온다.

하늘나라에서
눈이 길을 잃어서

가을로 왔나 봐!

이준호

(2021년 작 · 서울연가초등학교 3학년)

추운 겨울날
딱 한 날

산타를 기다리는 날
선물을 기다리는 날

크리스마스

정승훈

(2017년 작 · 인천공항초등학교 4학년)

벌써 봄이다.

눈사람 만들 시간도
눈싸움할 시간도
다 가 버렸다.

겨울이 다시 왔으면.

겨울아, 가지마!

겨울이 벌써 왔나 봐

정소운

(2021년 작 · 서울연은초등학교 3학년)

가을을 기다리고 있었는데
겨울이 먼저 왔네.

겨울한테 왜 가을이 안 오고
겨울이 먼저 왔냐고 말하자
겨울은 이렇게 말했다.

가을은 내 추위 덕에 감기 걸려서
집에 있다고 한다.

겨울방학

정소운

(2021년 작 · 서울연은초등학교 3학년)

겨울이 오고 있나 봐.

두근두근
와! 신난다.

겨울방학에는
눈사람도 만들고
눈싸움도 해야지.

그렇지만 추위는 정말 싫어!

행복한 겨울

정소운

(2021년 작 · 서울연은초등학교 3학년)

눈이 온다 소복소복
눈 밟는 소리 하하호호

사람들이 행복한 겨울을
보내는 소리 야호!

아이들이 눈사람과
눈싸움하는 소리.

다들 행복한 겨울을
보고 있구나.

펑펑 함박눈

정아인

(2016년 작 · 서울송정초등학교 5학년)

사람들은 소복이 쌓인 나를
땀방울을 흘리며 치워 버린다.

그런 사람들이 밉기도 하지만
다른 친구들과 만나
즐겁기도 하다.

눈사람

정아인

(2015년 작 · 서울송정초등학교 4학년)

데구르르 눈덩이 굴리고
차곡차곡 쌓아 올리면

밤에 오는 산타할아버지
마중해 줄 얼굴 표정 만들고

목도리 벗어서
눈사람에게 씌워 주면
그럼 완성!

숨어 버린 겨울, 다가오는 봄

진영서

(2016년 작 · 서울연가초등학교 4학년)

소복소복 쌓인 눈
사진 찍었더니
다음 날 아침
땅 사이로
스르륵 숨어 버린다.

어디 숨었나?
찾았더니

햇살 몰고 찾아온다.

눈사람

최 미

(2021년 작 · 서울송정초등학교 5학년)

겨울이 되면
우리는 눈사람을 만든다.

하지만 나는 눈사람을
공들여 만들지 않는다.

왜냐하면 사람들이
눈사람을 부숴 버리기 때문이다.

사람들은 알까?
공들여 만든 후 뿌듯함과
부숴질 때의 마음을.

제2부

삶을 노래하다

작은 시인들,
그들의 삶의 이야기.

그 속에는
꿈이 있으며
고민과 성장,
그리고
어른들의 아련한 추억도 있다.

빈 오선지 위에
꿈이 그려질 때
하나의 선율이 되고
노래가 완성되어 간다.

〈차례 · 삶을 노래하다〉

희망으로

김다은

(2018년 작 · 서울공진초등학교 6학년)

잡히지도 않고
보이지도 않지만

반딧불이처럼
반짝이는 희망
아름답게 피우는 건
네 선택이야.

희망으로 꿈을 피워 봐!

내 인생

김다은

(2018년 작 · 서울공진초등학교 6학년)

항상 내 인생은
어둠으로만 생각했다.

정작 내가 어둠으로
직접 끌어내리는 것이었다는 걸
알아 버렸다.

언젠가 내 손으로
다시 끌어올릴 수 있을까

다시 빛을 보여 줄지 말지는
내 결정이다.

친구란?

서아인
(2021년 작 · 서울연은초등학교 3학년)

친구란 껌이야
왜냐하면 친구는
꼭 붙어 다니니까

친구란 껌이야
왜냐하면 친구는
떨어져도 다시 붙으니까

수박 서리

서아인

(2021년 작 · 서울연은초등학교 3학년)

수박을 몰래몰래 살금살금
몰래 하나를 똑 따서
살금살금 수박을 가지고
수박밭을 나온다.

마음이 두근두근 콩닥콩닥
들킬까 봐
두근두근 콩닥콩닥.

심규진

(2019년 작 · 서울송정초등학교 6학년)

난 희망이 있다.

난 나의 길을 알기에
공부하고
탐구하며
계획하기 때문에

난 희망이 있는 것이다.

우리나라를 위한 것

심규진

(2019년 작 · 서울송정초등학교 6학년)

우리나라를 위해 무엇을 할까?

국어를 배울까?
역사를 공부할까?
지리를 배울까?
독도를 가 볼까?
정치를 배워 볼까?

가장 좋은 건
나 자신을 키우고 나라를 위해
행동하는 것이 좋겠지?

가는 길

심규진
(2021년 작 · 서울송정중학교 2학년)

걷고 걷고
또 걷는다.

사람들과 수다를 떨고
친구들과 장난도 치며
걷고 또 걷는다.

뛰어가는 친구들
나란히 걷는 친구들

이런 친구들 때문에
척박한 길이
지루하지 않다.

달과 별

심규진
(2021년 작 · 서울송정중학교 2학년)

별은 혼자 빛난다
별은 자신만 빛나며 작은 빛을 낸다
가끔 구름에 가려져 흐려지고 흔들리며
위태로워 한다

달은 주변을 빛나게 한다
달은 모두를 비추며 커다란 빛을 낸다
밝은 빛은 밤 동안 절대 꺼지지 않는다

흰토끼

엄선휴

(2018년 작 · 서울연가초등학교 4학년)

여름에 까맣던 토끼가
겨울이 되니
하얀색이다.

그럼 흰토끼는
겨울에 검정색으로 변할까?

새와 나의 하루

엄지후

(2019년 작 · 충암중학교 1학년)

우리 집에 새가
한 마리 있다.
그 새는 하루 종일
같은 나날을 반복한다.

어쩌면 나도 새처럼
하루하루가 같은 나날을
반복하며 살고 있는
것일지도 모른다.

어쩌면 나도 새처럼
가끔 패턴을 깨뜨리는
인생을 사는 걸까.

엄지후

(2019년 작 · 충암중학교 1학년)

아기돼지 삼형제의
짚으로 집을 지은 첫째돼지처럼
늑대가 나타나 후~ 불면 한 번만에 쓰러지는
첫째돼지의 집처럼
나도 처음은 무너진다.

아기돼지 삼형제의
나무로 집을 지은 둘째돼지처럼
늑대가 나타나 후~ 불면 두 번만에 쓰러지는
둘째돼지의 집처럼
한 번 더 무너진다.

아기돼지 삼형제의
벽돌로 집을 지은 셋째돼지처럼
늑대가 나타나 불어도 끄떡없는
셋째돼지의 집처럼
다시 꿋꿋이 서 있는 날이 오겠지.

여정길의 마지막

엄지후

(2021년 작 · 충암중학교 3학년)

인생 여정길
누구나 걷고 있는 길

모두가 걸어온,
걸어가고 있는
걸어 갈 길은 다 다르지만

길의 끝에서 우리를
기다리는 도착지이자
마지막 장소

이 여정의 마지막이
무의미하지 않길,
이 여정의 마지막 자락에서
돌아봤을 때
만족스러운 길이었길

대한민국

유상우

(2017년 작 · 서울송정초등학교 5학년)

지금의 대한민국이 될 때까지
수많은 사람이 노력했다.

한글을 만든 세종대왕
일본에게 대항한 유관순 열사와 안중근 의사
어린이날을 만든 방정환 선생님

그리고
그 다음 사람은 바로
내가 될 것이다.

희망이라는 보물

유상우

(2016년 작 · 서울송정초등학교 4학년)

기분이 시무룩할 때
힘이 없어졌을 때
자신감이 사라졌을 때

희망이라는 보물을 찾는다면
그 보물 상자 안에는

자신감, 힘, 꿈과 같은
보물들이
나를 일으켜 세운다.

유상우

(2018년 작 · 서울송정초등학교 6학년)

방학하기 전엔
학교 준비하느라
일찍 일어나고,
급하게 먹고,
챙겨서
학교를 갔는데,

방학이 되니까
할 일이 없어서
늦게 일어나고,
천천히 먹고,
그대로 누워 버린다.

개학을 하면
생기가 생겨서
시든 꽃에서
활짝 핀 꽃이 될까?

학교

유재원

(2015년 작 · 서울송정초등학교 5학년)

학교에서는
뭐든지 다 배워.

수학, 과학, 미술 등
뭐든지 다 배울 수 있어.

학교는 참 대단해.

유재원

(2016년 작 · 서울송정초등학교 6학년)

불어도 촛불은
꺼지지 않는다.

민주주의도
꺼지지 않는다.

나홀로 겨울방학

유하윤

(2021년 작 · 서울응암초등학교 3학년)

나홀로 혼자 남아 있네.
꼭 혼자 있는 물건처럼

혼자 있으니 나는 외로워
지금 이 순간이 빨리
지나갔으면 좋겠어.

민트

유한진

(2018년 작 · 인천발산초등학교 5학년)

민트 초코
민트 초코 아이스크림
민트 초코 라떼
민트는 맛있어.

맛이 특이해
아, 먹고 싶어
민트 짝꿍은 뭘까?
초코!

고민

이나현

(2016년 작 · 인천발산초등학교 5학년)

친구들이 나를 놀리고,
짜증나게 했을 때
나를 때리고,
장난을 계속 쳤을 때

내가 무엇을 위해 살지?
내가 왜 이 학교에 다니지?
내가 왜 맞아야 되지?
라는 생각이 들 때가 있다.

그럴 때 가족들에게
고민을 다 털어놓으면
내 마음속에 있었던
먼지들이 비 때문에
깨끗해지는 것 같다.

이나현

(2016년 작 · 인천발산초등학교 5학년)

촛불은 우리 국민들의
하나로 뭉친 따뜻한 마음이다.

그 한마음이 똘똘 뭉쳐
무엇이든지 헤쳐 나갈 수 있는
한마음의 위력이다.

자연은 인간

이나현

(2016년 작 · 인천발산초등학교 5학년)

자연은 인간이다.

자연은 기분이 안 좋으면
폭풍우를 치며
사람처럼 날씨로
화를 낸다.

자연이 기분이 좋으면
살랑살랑 바람이 불면서
애교를 부린다.

자연은 자신의 기분 상태를
나타낼 수 있다.

자연은 인간이다.

성냥

이도현

(2021년 작 · 인천발산초등학교 6학년)

화아악~~!!

성냥에서 빛이 나온다.

사람들이 성냥팔이 소녀의
성냥을 샀다면

성냥팔이 소녀의 미래도
빛나지 않았을까?

통일, 그 날에는

이서진

(2018년 작 · 서울송정초등학교 5학년)

언젠가 남과 북이
서로를 생각하는 날이 오기를.

언젠가 남과 북이
서로의 등을 두드려 주는 날이 오기를.

언젠가 남과 북이
서로를 안아 주는 날이 오기를.

삶

이서진

(2019년 작 · 서울송정초등학교 6학년)

매일매일
반복되는 삶

하지만 어떨 땐
햇빛이 들지만
어떨 땐
비가 온다.

많은 날씨들이
스쳐 가면서
나는 성장한다.

비를 우산으로 막으며.

하늘은

이서진

(2018년 작 · 서울송정초등학교 5학년)

나는 하늘이 좋다.

왜냐면
하늘은

내가 슬픈 걸 말해도
기쁜 걸 말해도
아무 말없이
묵묵히
들어주기 때문이다.

이연수

(2018년 작 · 경기철산중학교 3학년)

어른들은 자신들의 말에
얼마나 큰 가시가 있는지 모른다.
그리고 그 가시가 얼마나 아이들을
아프게 하는지도, 얼마나 옥죄어 오는지도.
모두 그 큰 가시들이 '너를 위한 것'이라며
부드러운 솜으로 덮어 놓는다.

물론 처음에는 솜이 가시를 어느 정도 막겠지만
시간이 지나면서 가시는 솜을 뚫고 올라온다.
그리고 가시는 아이들을 사방에서 공격한다.

어른들은 모른다.
자신들이 무심코 하는 말이 아이들에게
얼마나 큰 상처로 남는지.
어른들은 모른다.
작은 상처는 따뜻한 말 한마디로
막을 수 있다는 것을.

떠나가 버린 나의 님

이연수

(2017년 작 · 경기철산중학교 2학년)

떠나가 버린 나의 님은
지나가 버린 시간과도 같아
가까이 있지만 결코
나에게로 돌아오지 않는다.

그 님을 떠나보내고
나는 하염없이
후회하고 자책하지만
벌써 나를 떠난 그 님은
서서히 나와 멀어져 간다.

인생엔

이예진

(2019년 작 · 인천발산초등학교 6학년)

인생엔
기쁠 때도 있다.
슬플 때도 있다.

세상의 끈을 놓고 싶어도
꽉 잡고 앞으로
한 걸음 한 걸음
나아갈 수 있다.

그 한 줄기 빛은
가족이다.

너! 희망

이예진

(2021년 작 · 인천원당중학교 2학년)

내 주변이 온통 먹구름으로
무성하던 날

창문으로 들어오는 햇살처럼
좁은 문틈으로 들어오는 바람처럼

따뜻하게 또는 시원하게
나에게 힘이 되어 주었던 너.

나비

이예진

(2021년 작 · 인천원당중학교 2학년)

엄마는 내가 모두가 원하는
평범한 나비로 변하길 원한다.
나는 방으로 들어가 나비가 될 준비를 한다.

뚝뚝
눈물이 번데기 알을 적신다.
나는 나만의 색깔을 가진
나비가 되고 싶었다.

깜깜하고 고요한 번데기 속
눈을 감아 내일만을 기다린다.

유난히 밝은 아침 햇살, 눈이 저절로 뜨였다.
나가 보니 엄마가 행복한 얼굴로 나를 반기며
안아 주고 있었다.

그렇다. 나는 평범한 나비가 되어 있었다.

하늘을 봐요

이예진

(2018년 작 · 인천발산초등학교 5학년)

기분이 슬플 때, 짜증날 때,
화날 때, 행복할 때, 기쁠 때
하늘을 봐요.

짜증 나든, 슬프든
그런 마음들이 싹 사라지고
기분이 맑아지고
마음속이 깨끗해집니다.

엄마 품

이준수

(2016년 작 · 경기광명서초등학교 5학년)

엄마 품에 안기면
침대처럼 포근포근

엄마 품에 안기면
따끈따끈한 손난로

엄마 품에 안기면
잠이 스르르

엄마 품에 안기면
좋은 생각이 새록새록

엄마 품이 최고야!

성급한 방학

이준호

(2021년 작 · 서울연가초등학교 3학년)

드디어 기다리고 기다리던
방학이 왔다.

그런데 방학은 성급한지
너무 빨리 지나가네.

즐기지도 못했는데

강아지

진영서

(2016년 작 · 서울연가초등학교 4학년)

눈을 감고 가만히
소리를 듣는데
어디선가 사박사박
소리가 들린다.

눈을 뜨니
강아지가 폴짝!
따라서
우리도 폴짝!

강아지가
한 걸음 두 걸음
다가오면

우리는
한 걸음 폴짝
두 걸음 폴짝
물러선다.

알람 시계

진영서

(2017년 작 · 서울연가초등학교 5학년)

짹짹! 짹짹!
일어나, 일어나.

살랑살랑 휘익!
일어나, 일어나.

새들의 노래가
바람을 타고

나를 깨운다.

늦잠

정소운

(2021년 작 · 서울연은초등학교 3학년)

아침에 일어났더니
10시였다.

대충 옷을 입고
가방을 싸서 울며불며
현관을 나가는 나를 말리는
아빠 목소리

"야, 지금 방학이야!"

비행기

정승훈

(2017년 작 · 인천공항초등학교 4학년)

비행기의 큰 능력은 하늘을 나는 거다.
정말정말 나도 하늘을 날고 싶다.

그런데 왜 비행기는 눈이 없는데
하늘을 날 수 있을까?

정말 궁금하다.

지금 난

정아인

(2017년 작 · 서울송정초등학교 6학년)

지금 난
여기 있다.
어딘지도
모르는 곳에
어떤 생각을 가지고
하염없이 흘러간다.

도착지를 찾고
돌과 흙을 걸러 내고
꽃이 되기 위해
나는
나는 하염없이 흘러간다.

바람의 기분

정아인

(2017년 작 · 서울송정초등학교 6학년)

바람의 기분은
다양하다.

기분이 좋을 땐
살랑살랑 흔들고

슬플 땐
휘잉휭 무겁게 지나가고

화가 날 땐
쌩쌩 분다.

새들은 그게 좋은지
휘리릭 노래 부른다.

사람들의 마음은

최 미

(2021년 작 · 서울송정초등학교 5학년)

사람들의 마음은
다 제 각각이야

성냥팔이 소녀를 보고
안타까워하는 마음
비웃는 마음

너는 어떤 마음이 좋을 것 같니?

친구

최 비

(2018년 작 · 서울송정초등학교 5학년)

내가 의기소침할 때
기분이 안 좋을 때
나에게는 친구라는
희망이 온다.

친구랑 있으면
기분이 좋아진다.

친구가 없으면
어떻게 살지?

통일의 시작

최 비

(2018년 작 · 서울송정초등학교 5학년)

지금은 2020년,
잠시 후 통일이 시작된다.
드디어 통일이 되었다.

유럽으로 가는 기차가 뚫린다.

통일이여
어서 와라!

죽음

최 비

(2021년 작 · 서울송정중학교 2학년)

죽음의 뒤는
무엇이 기다리고 있을까

사후 세계라는 것이 있을까
아니면 죽고 나서도
영혼이 몸 안에 갇혀 있을까

알 수 있는 방법이
있으면 좋겠다.

제3부

작은 시인들, 질문에 답하다!

'삶'은 '질문'이다.

삶은 정답이 없는 질문의 연속이다.
계절의 변화와 느낌,
삶에 대한 이유,
모든 것이 질문의 대상이다.

궁금한 질문에 대해
작은 시인들은
어떻게 생각하고 대답할까?

작은 시인들은 그들만의
창조적이고 재치 있는 생각으로
우리의 마음을 명쾌하게 한다.

질문1 **'나무는 왜 가을에 초록 옷을 바꿔 입는 걸까?'**

여름의 싱싱하고 무성했던 나무는 가을이 되면 그 색깔을 달리한다. 위 질문에 대해 아이들은 어떻게 대답할까?

가을 미용실

이서진

오랜만에 나무들은
가을 미용실에 들른다.
미용사는 바람을 들고
머리카락을 자른다.

그리곤 흰색 구름을 가지고 와서
머리를 감은 뒤
쨍쨍 비치는 가을 햇빛에
머리를 말리면
가을 미용은 끝이 난다.

가을의 나무를 바꾸는 것은 무엇일까? 인간의 힘으로 어떻게 할 수 없는 자연의 섭리를 아이들은 가을의 미용실로 표현했다. 바람 가위로 머리카락을 자르고, 구름 샴푸로 머리를 감고, 풍요로움을 주는 가을 햇빛을 통해 머리를 말린다는 표현은 훌륭한 답변이요 노래다. 가을 나무의 변화에 대해 「가을 미용실」이라는 메타포를 통해 경쾌하고 재치 있게 질문에 답한다.

초가을

정아인

물방울 머금은
코스모스

봉우리가 나면
푸른 잎사귀가
주황빛에 발 담그면

그것이 초가을이다.

가을의 나무를 바꾸는 모습에 대해 주황빛에 발 담근다고 표현한다. 주황빛으로 변함을 인위적으로 발을 담근다는 표현이 재미있고 미소 짓게 한다.

자연을 바라보는 아이들의 시선, 그에 대한 느낌과 표현은 매우 섬세하고 다양하게 나타난다. 자연을 가까이 하는 아이들은 정서적으로 풍부하고 포근하다. 자연의 신비롭고 아름다움을 겸손하게 바라보며 자신만의 시선으로 바라보는 아이들의 모습 속에서 인성 교육의 시작은 자연을 배우는 것에서 시작된다.

질문-2 '여왕이 올 때 팡파르는 왜 울리지 않는 걸까?'

봄은 계절의 여왕이다. 여왕이 올 때 왜 환영의 팡파르는 울리지 않는 걸까? 아이들이 듣는 봄의 소리는 어떤 소리일까?

봄

엄지후

쉿!
파릇파릇
톡톡!
봄이 오는 소리다.

봄비가 후두둑
새싹이 파릇파릇
꽃도 예쁘게.

추웠지만
따뜻해지지.

내 마음도 얼어붙은

마음이 녹아 따뜻해진다.

쉿, 파릇파릇, 톡톡, 후두둑.

봄의 소리다. 자연을 닮은 아이들의 표현이다. 자연의 흐름에 얼었던 마음까지 따뜻하게 변하게 하는 포근함도 함께 느껴지는 것 같다.

새벽꽃

김다은

새벽에

꽃이 피는 소리가

날 깨워서 일어나 보니

형형색색의

아름다운 요정이

흘리고 간

빛을 볼 수 있어.

빛의 이름은 봄꽃.

빛 위엔 달처럼
반짝이는 새벽이슬이
같이 맺혀 있을 거야.

어때?
요정이 뭔가 떨어뜨리는 소리가 들려?

꽃이 피는 소리가 들리는 아이는 얼마나 행복할까? 요정이 떨어뜨리는 빛을 볼 수 있다면 얼마나 가슴 벅찰까? 아이들의 상상의 세계를 읽는 지금 이 시간도 꽃이 피는 소리가 들리는 것 같고 요정이 어떤 모습일까 궁금해진다.

계절의 여왕인 봄은 겨울과 달리 은은한 향기와 함께 조용히 오고 싶은 모양이다. 아이들은 굳이 화려하게 울려 퍼지는 팡파르가 없더라도 은은히 다가오는 여왕에 대해 '따스해지는 마음'으로, 밤사이 '요정이 주고 간 선물'로 표현한다.

질문-3 **'자동차와 겨울은 왜 달리기만 할까?'**

달팽이와 자동차가 달리기 시합을 한다면 어떻게 될까? 자동차와 달팽이는 무엇을 상징할까?

달팽이 경주

진영서

비가 주룩주룩
내리는 날에

달팽이랑 자동차랑
경주를 한다.

이번에는 자동차도
달팽이가 되었나 봐.

달팽이가 오늘만큼은
이길 거라고 장담한다.

자동차도 비가 많이 오고 막히면 어쩌면 달팽이보다도 늦게 갈 수 있다는 아이의 생각이다. 늘 바쁘고 정신없이 사는 현대인을 자동차로 비유한다면, 달팽이는 자신의 목표를 향해 느리지만 꾸준하게 달려가는 모습을 그리고 있다.

가을

엄태온

가을도 추워서 도망갔나 봐
쌩쌩 부는 바람에
가을도 감기 걸렸나 봐

가을도 겨울에 못 이겨
도망갔나 봐

겨울은 왜 이렇게
성급한 것일까?

무더운 여름이면 시원한 가을이 빨리 오기를 바라는 마음이 들고, 추운 겨울이면 빨리 봄이 오기를 바라기도 하는 이런 마음을 '성급함'이라고 표현한다.

인생은 결코 평탄한 길이 아니기에 무조건 빨리 달려간다고 해결되지 않을 때도 있다. 느리지만 꾸준히 달려가는 달팽이의 모습과 바쁘게 살아가는 현대인의 마음처럼 겨울의 성급함을 질책하는 표현에 교훈을 얻는다. 삶은 인내와 기다림이다.

질문-4 '봄꽃은 왜 함께했던 겨울과 이별을 하는 걸까?'

꽁꽁 얼어붙은 겨울의 땅에서 꽃은 어떻게 피어날까? 혹시 땅 속에 따뜻한 난로가 있는 건 아닐까? 삶에서 겨울과 꽃이 의미하는 것은 무엇일까?

아름다운 꽃

유상우

꽃은 정말 아름답다.

비가 오고
눈이 와도

그 고난을 버텨 내고
땅을 비집고 나와서
아름다움을 유지하는 걸 보면

꽃은 더욱 더 아름답다.

고통의 인생길에 있는 사람에게 겨울은 암흑을 상징한다면 봄의 꽃은 부활을 의미한다. 인생의 부활을 아름다운 꽃으로 승화시켰다. 고난의 땅을 비집고 일어서는 하나의 씨앗이 아름다운 꽃이 되었을 때 그 기쁨은 더욱 배가 되는 것이 아닐까.

봄의 꽃

오지현

내가 가는 곳마다
꽃이 터진다.

나를 기다려 왔다고
마중까지 나왔다.

나도 꽃이 좋다고 나무에
사랑을 심어 주었다.

기다리던 삶의 부활, 자유, 기쁨을 꽃으로 표현한다. 고통을 이겨낸 자에게 꽃이 터진다고 노래한다. 또한 그 기쁨으로 인해 꽃이 좋다고 고백하며 삶의 기둥인 나무에 사랑을 심는 포근한 마음이 우리를 즐겁게 한다.

힘든 고통의 길을 이겨 낸 사람은 또다른 아름다운 삶을 꿈꾼다. 아이들도 그들만의 힘든 시간과 시기가 있다. 성장하기까지 그 고통은 계속된다. 아이들은 그런 고통을 이겨 내며 더 나은 성장을 이루어 간다.

질문-5 **'허수아비와 공원의 정자는 왜 혼자 서 있는 걸까?'**

추수할 논에 서 있는 허수아비와 가을 공원에 있는 정자는 왜 혼자 외롭게 있는 것일까? 친구도 없어 보이고 아무 말도 하지 않는다.

허수아비

이예진

허수아비를
참새를 쫓으라고
세워 두었더니

허수아비가
얼마나 외로웠는지
참새랑 어느새
재미있게 놀고 있었네.

허수아비가
얼마나 외로웠으면
참새랑 놀고 있었을까?

다음부터는 친구도 만들어 주어야겠다.

두 팔을 벌리고 밀짚모자만 쓰고 있는 모습이 소통 없이 외롭게 살아가는 고독한 현대인의 모습과도 같다. 아이들에게 허수아비는 참새를 쫓기 위한 도구가 아닌 함께 노는 친구로 느껴지는가 보다.

가을의 정자

정승훈

가을의 정자는
기분이 어떨까?
무척 외로워 보인다.

그의 친구는
가을 낙엽밖에 없다.

바스락바스락…

친구가 위로해 준다.

가을 공원의 정자는 외롭다. 날씨가 쌀쌀해지면 점점 비어 간다.

이런 정자의 쓸쓸함을 노래하며 외로운 정자의 친구가 누굴까 궁금해 한다. 새일까? 강아지일까? 뜻밖에도 낙엽을 친구라고 소개하며, 바람에 날려 바스락거리는 낙엽의 소리를 마치 친구의 위로와 속삭임으로 표현하고 있다.

아이들은 성장하면서 친구라는 새로운 만남을 경험한다. 학교에서, 사회에서, 모임에서 친구에 대해 이해와 배려하는 아이들의 마음이 포근하게 다가온다.

질문-6 '하늘의 천사는 구름과 무슨 이야기를 할까?'

하늘에 대한 아이들의 생각은 다양하다.

해, 구름, 비, 눈, 맑음, 흐림…….

하늘에는 천사가 정말 있을까? 천사가 있다면 구름과 어떤 이야기를 할까? 구름이 종이비행기를 던진다면 천사는 어떤 생각이 들까?

구름

이준수

구름이
우는가 보다.

구름이
소리를 지른다.

구름이
종이비행기를 던진다.

구름이
울지 않았으면…

구름이
소리를 지르지 않았으면…

구름이
종이비행기를 던지지 않았으면…

구름을 바라보며 무한한 상상의 세계로 향한다. 구름이 천둥이 되고, 비나 눈이 내리는 것에 대해 각각 울음, 소리, 종이비행기로 승화시킨다. 종이비행기는 비나 눈도 되겠지만 비행기를 날릴 수 있는 바람이나 낙엽도 될 수 있다. 아이는 하늘의 천사다. 구름을 바라보는 아이에게 전하는 구름의 마음일 수도 있다. 구름과 친구가 되어 대화를 원하는 아이의 안타까운 마음을 표현한다.

다른 모습의 천사

이정아

다른 계절에는
천사가 하늘에 있지만
겨울엔 천사가
땅에 누워 있다.

다른 계절에는
따뜻한 천사지만
겨울엔 꽁꽁 언
차가운 천사다.

천사는 따뜻하고 날지만
겨울엔 다르다.

아이에게 눈은 하늘의 천사다. 눈은 겨울에만 만날 수 있는 신비로움이다. 소복이 쌓인 눈 위에 아이들이 누워 팔다리를 파닥거리며 땅 위에 천사를 만든다.

이처럼 아이들의 작은 경험이 상상의 세계로 연결될 때 큰 감동을 준다.

질문-7 '그 큰 배들은 왜 아이들을 태우지 않고 혼자 가는 걸까?'

아름다운 장미꽃에 왜 가시가 있을까? 아름다운 장미꽃을 만질 때 가시에 찔리는 경우도 있다. 어른은 아이들의 표본이다. 믿고 따르는 어른이 가시가 된다면 아이들은 얼마나 아파할까?

가시

이연수

어른들은 자신들의 말에
얼마나 큰 가시가 있는지 모른다.
그리고 그 가시가 얼마나 아이들을
아프게 하는지도, 얼마나 옥죄어 오는지도.
모두 그 큰 가시들이 '너를 위한 것'이라며
부드러운 솜으로 덮어 놓는다.

물론 처음에는 솜이 가시를 어느 정도 막겠지만
시간이 지나면서 가시는 솜을 뚫고 올라온다.
그리고 가시는 아이들을 사방에서 공격한다.

어른들은 모른다.
자신들이 무심코 하는 말이 아이들에게
얼마나 큰 상처로 남는지.
어른들은 모른다.
작은 상처는 따뜻한 말 한마디로
막을 수 있다는 것을.

아이들의 행복은 어른들이나 부모의 말 한마디에 달려 있다. 가시는 상대방을 찌르기도 하지만 자신도 찌른다는 사실을 깨닫는 지혜도 필요하다. 질책보다 따뜻한 격려의 말 한마디가 아이들을 행복의 길로 인도하지 않을까 한다. 사랑한다는 표현의 시작은 말로 시작된다.

성냥

이도현

화아악~~!!

성냥에서 빛이 나온다.

사람들이 성냥팔이 소녀의
성냥을 샀다면

성냥팔이 소녀의 미래도
빛나지 않았을까?

이 시는 동화 '성냥팔이 소녀'를 읽은 후 그 느낌을 표현한 것이다. 알려진 것과 같이 이 동화는 사람들의 무관심과 외면 속에 성냥을 파는 소녀의 불쌍한 삶을 그리고 있다. 아이는 '성냥과 빛'이라는 소재를 통해 소녀의 미래가 밝은 모습으로 되길 바라며, 성냥을 사지 않는 즉, 아무도 관심을 기울여 주지 않는 무심한 사람들을 비판하고 있다.

어른은 큰 배다. 큰 배는 아이들이 함께 탈 수 있고 고난을 당하는 아이들을 보호하는 상징이다. 따뜻한 관심과 배려는 아이들을 행복의 길로 인도한다.

질문-8 '문밖의 비 맞은 자전거는 왜 혼자 있는 걸까?'

아이들에게 친구란 어떤 의미일까? 아이들이 어릴 때는 자신과 부모의 영역에서 자라지만 연령이 높아지면 그 영역은 친구라는 새로운 만남의 세계로 들어선다.

친구란?

서아인

친구란 껌이야
왜냐하면 친구는
꼭 붙어 다니니까

친구란 껌이야
왜냐하면 친구는
떨어져도 다시 붙으니까

짧지만 친구에 대한 생각을 재치 있게 표현하고 있다. 친구는 붙어 다니는 것이며 여러 가지 이유로 다투고 헤어지기도 하지만 진정한 친구는 다시 만날 테니까.

가는 길

심규진

걷고 걷고
또 걷는다.

사람들과 수다를 떨고
친구들과 장난도 치며
걷고 또 걷는다.

뛰어가는 친구들
나란히 걷는 친구들

이런 친구들 때문에
척박한 길이
지루하지 않다.

친구는 '함께 가는 것'이라고 말한다. 인생길이 '척박한 길'이라고 말하며 그 척박하고 외로운 길에 친구가 있어 지루하지 않고 외롭지 않다고 고백한다. 친구의 소중함에 대해 '가는 길'이라고 표현한다.

간혹 문밖에 자전거를 세워 두는 경우를 볼 수 있다. 비가 오더라도 무심히 지나친다. 사람도 마찬가지다. 비 맞은 자전거처럼 홀로 있을 때 포근하게 덮어 줄 친구가 필요하다.

• • •

이와 같이 아이들과 질문을 통한 대화의 시간을 가져 보았다. 지면이 충분하다면 더 많은 내용을 소개하고 싶지만 아쉬운 마음으로 끝맺음을 하고자 한다. 아마 이 글을 읽는 독자들도 한번쯤은 아이들이 쓴 시를 읽으며 이러한 질문을 던져 보고 싶은 마음이 들 것이다.

아이들의 시는 짧지만 명쾌하고 순수하다. 자신의 생각을 담은 시를 읽다보면 아이들의 무한한 창의력과 상상력을 느낄 수 있다. 아이들은 시를 쓰고 읽으면서 즐겁게 성장한다고 생각한다.

시 쓰기란 자신의 내면의 소리에 귀 기울이며 다양한 생각과 느낌을 글로 표현하는 과정이다. 이를 통해 자신의 가치관과 미래의 계획을 스스로 세우며 성장하는 아이들이 되길 바라는 마음이다.

아이들의 시를 정리하고 읽으면서 아이들의 창조적인 생각과 번뜩이는 재치에 놀랐고, 한편으로는 아이들이 이러한 창조의 장이 지속되기를 바라는 마음도 든다.

한 줄 한 줄 써 내려간 아이들의 글 속에서 그들의 아름답고 순전한 영혼을 느낄 수 있었다. 처음엔 자신의 생각을 꺼내기까지 많은 시행착오도 있었고 많은 시간도 필요했다. 어떤 아이들은 모방하며 제법 시인의 티를 내기도 했고, 어떤 아이들은 글쓰기 자체를 어려워했지만 생각을 꺼낼 수 있도록 격려와 인내, 창조의 시간을 배려했고, 그 과정을 통해 아이들은 아무 거리낌 없이 자신의 생각을 하얀 종이 위에 그려 넣을 수 있었다.

이제 남은 것은 우리 어른의 몫이다. 아이들이 마음껏 자신의 생각을 펼칠 수 있도록 격려하고 이해하며, 창조의 장이 지속될 수 있도록 함께하길 희망한다.

아이들은 '창조의 보물 상자'다.

사랑하는 마음으로 아이들이 보물 상자를 잘 간직하고 그 순전한 마음이 지속될 수 있도록 따뜻한 시선으로 바라봐 주기를 아울러 부탁드린다.

아이들의 많은 시가 있지만 지면의 한계로 모두 싣지 못했다. 기회가 된다면 후속 작품을 통해 소개하고자 한다.

끝으로 함께 작품집에 동참한 사랑하는 작은 시인들, 그리고 오늘도 아이들의 미래의 꿈을 위해 헌신하고 기도하는 어른들께 감사의 말씀을 올린다.

2022년 03월

리더스교육연구소 대표 김인숙

작은 시인들의 노래

초판 1쇄 발행 2022년 8월 19일

지은이 김인숙
펴낸이 이기봉
편집 좋은땅 편집팀
펴낸곳 도서출판 좋은땅
주소 서울특별시 마포구 양화로12길 26 지월드빌딩 (서교동 395-7)
전화 02)374-8616~7
팩스 02)374-8614
이메일 gworldbook@naver.com
홈페이지 www.g-world.co.kr

ISBN 979-11-388-1197-2 (03810)